봄 여름 가을 그리고 겨울

봄 여름 가을 그리고 겨울

푹 자고 새벽에 잠이 깨면
손을 만져본다

뻣뻣한 기운 없이
보들보들한 나의 손

병이 다 나았을까?
그러나 한낮이 되면
도로 뻣뻣해지는 손가락

이른 아침은
좋아지고 행복해지는 시간

병이 나았다고 착각하고 있는
평화로운 고요가 내려앉은 잠깐 동안
편안한 마음

나는 잡초 같은 인생이라고 위로한다
부딪히고 밟혀도 죽지 않고 살아가는
나는 온몸이 굳어가는 병이라 해도 노력해서
정상인보다 더 많은 일을 하고
세상 떠나리

앞으로의 내 생활이 두려울 때
가슴 떨리고 손발 떨려도
지금 하고 있는 일 그대로 하리라

다짐해보는 소중한 시간
그 소중한 시간 속에서
나의 두 번째 시집
"봄 여름 가을 그리고 겨울"을
세상에 내놓는다

송인숙창작시집
봄여름가을그리고겨울

제1부 봄

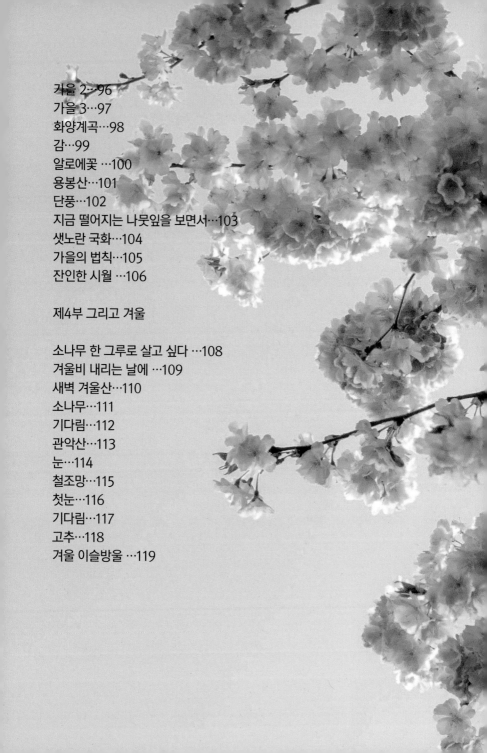

기다림은 참는 것
인연이 되어 돌아올 때까지
시간을 내는 것이다

제1부

봄

유채꽃

화려한 듯 하지만 순수하고 깨끗한
고려 천 년 전 도자기처럼
단아하고 고상한 꽃잎

약해보이지만 수많은 꽃잎의 군락은
나라를 지키는 장수의 눈빛처럼
강렬하다
이른 봄에 흉내 낼 수 없는
노오란 색 물결

추운 겨울 파란 잎으로 견디어내고
줄기 키우고 꽃 피울 날
기약하여 약속 지키고
아름다운 감탄사로 피어난 꽃

꽃이 지고 나면 작은 씨앗 열매 맺혀
값지고 쓸모 있는 민주시민이 되라고
강조하던 어른의 말
되뇌어 주고 있는 유채꽃

유채꽃처럼
우리 가정에 영원한 꽃으로
남은 여생을 바치리라 다짐해보는
제주도 나들이 길

찔레꽃

찔레꽃은 장미 닮고 싶어
하얀 둥근 꽃잎 시선 끌지 못해도
독특한 신비스런 향기로
고향을 유혹한다
가시 덩굴로 숲을 이뤄
찔릴까 감히 어느 누구도
침범하지 않는 찔레꽃 덤불

찔레꽃의 향기는 나 어린 시절
높은 고열과 숨 가쁘게
이승과 저승을 헤매던
어린애들의 홍역이 생각나게 한다
혼자 아픈 게 싫어 동생에게 전염시켜
방안에 갇혀 찬바람 맞으면
큰일 난다고
흰 두루마기 멋있게 입고
모자 쓴 아빠 손잡고 치마저고리 입고
처음 학교 가던 날, 회상할 때
찔레꽃이 동산 언덕에서 유혹해도
나가지 못하고 갇혀있던
부모님 사랑 듬뿍 받던 그 시절

홍역이 한 마을에 돌면 어린 유아들이
꽃잎 지듯 사라진 그런 날, 그 시절
붉은 열꽃을 얼굴에 피워
살아난 것은
새끼 온 정성으로 키워 내는 새처럼
부모님 사랑 가득한 사랑

벚꽃

송송이 소담스런 벚꽃이 활짝 피어
화려한 꽃으로 기억되기 전에
시샘하는 봄비가
바람과 함께 찾아오면
벚꽃은 꽃잎을 멀리 떠나라 하네

꽃잎은 떠나가도
나뭇가지에 남아 피어있는 꽃들이
비에 젖어 비참한 모습이다

벚꽃나무는
장송곡을 부르는 꽃상여 같다
어머니가 먼 세상으로 가시던 날
타고 가신 꽃상여가
비에 젖어 울고 있다

세월이 흘러가서 모든 것이 변해도
잊히지 않는 어머니 가신 길
아름다운 벚꽃이 내려앉은 봄비는
꽃에 상처를 주고
나무에는 귀한 생명을 주어
땅속에 스며든다

아카시아 나뭇잎

20년 동안 눈에 띄게 자란
아카시아나무

해마다 자라는 모습 보이지 않지만
해거름에 해를 막고 서 있는
아카시아 나무숲을 보면
금방 알 수 있다

산위에서 높이 하늘을 찌르고 있다
파아란 풍선 같은
하늘을 터트리면
거세고 쌀쌀한 바람불어
나뭇잎새가 요동친다

남의 말을 듣지 않고
제 멋대로 살아왔던 지난날
자신 있었던 시절처럼
활활 타오르는 젊음의 용기는
세상을 알지도 못하면서
뛰어들었다

거센 바람에 흔들린 나무에서
잎이 떨어져 날린다
미처 물도 못들인 나뭇잎이
흰 눈처럼 쏟아지고 있다

오늘 나는 나의 과거를 보고 있다

오월의 태양

처음엔 조금씩 눈치를 보다
며칠 지나면
겁 없이 성큼 다가오는 태양

이른 아침 쌀쌀하게 파고들던
바람 비켜 세우고
창문으로 새벽잠 깨우고
일거리 한 아름 안기고
꿈 찾아 떠나게 하는 태양

오월의 태양은
푸른 꿈이다

온 세상 생명력을 불어 넣어
에너지가 풍성한 오월
산과들에 하루하루 다르게 변하는
자연의 아름다운 변화는
활기찬 새날을 꿈꾸게 한다

오월의 태양은 신비한 힘을 지닌 채
모자 쓰고 빛을 가리는
여인네의 가슴에도
사랑을 꿈꾸게 한다

송홧가루

잔디밭 골프장에 멋지게 키운 소나무
멀리서 보면 한 송이 꽃처럼
둥그런 형태로 수 없이 많은
사랑의 손길을 거쳐 간 소나무

연한 새순이 돋아
순결한 아름다움 가득할 때
소나무에 열린 송홧가루
어린 시절에 송화를 따다 말려서
가루를 내어 다식을 만들던
옛날 추억은 생생한데…

지금은 찾아볼 수 없어
옛날 일 그리워 할 때
바람 불어 소나무 스치고 지나가면
소나무는 열정을 태우기 위한
뽀얀 열매로 순식간에 타오른다

불타는 연기처럼…

사랑을 마친 송홧가루는
연기처럼 피어오르고
바람 따라 흩어지는 송홧가루

모락모락 피어오르는
저녁연기처럼 피어오를 때는
옛 고향 생각난다

아침 새소리

이른 새벽하늘을 찌르는
새소리가 가져오는 바람은 차다

뙤약볕을 잔뜩 머금은 나뭇잎이
가져다주는 바람은 부드럽다

아침엔 아궁이에 불 때시던
부지깽이 들고 와 깨우시던
어머니의 목소리가 들려온다
오후엔 허리가 아프다고
발로 밟으라고 하시던
어머니가 생각난다

새소리 들으며
어머니 그리워 눈물짓고
보드라운 바람결 느낄 때
어머니 품안이 그립다

한살 더 먹을수록 어머니 새록새록
그리운 것은 내가 행복해서일까?

어머니시절 우리 키우며 고생하신
어머니 생각하면
달콤한 아침잠을 잘 수 없다

아침에만 찾아와 살구나무 숲에서
울어주는 맑은소리가
어머니 노래되어 들려온다

장미

푸른 녹음이 우거질 오월 말 경
달리는 차창 밖으로 보이는 곳에
빨간 넝쿨 장미가 있다

집은 안보이고 담에 대문에
얽혀있는 진한 빨간 꽃만 보인다
우리 대문에도 덩굴장미가 피어있다

사람들은 왜 냄새도 안 나는
이 꽃을 유행처럼 심었을까

가시가 있어 접근금지도 있고
정열의 색으로
우리 집에 아름다움이 있다는
본능에서 일거다

덩굴장미가 피어나는 집을
들어가 보고 싶다
식탁에서 나누는 이야기 꽃
엿보고 싶다

진한 초록과 빨강이 어우러진
옷을 입고
빨강 덩굴장미 드리운 대문 꼭꼭 걸고
빨간 장미 같은
화사한 사랑 나누고 싶다

두릅 1

두릅을 식탁에 놓고
이 세상 모든 것을 가진 것 같은
행복 속에서

조금 더 살펴본다면
큰 나무보다
키 작은 땅 가까이 있는
두릅의 가시가
더 따가운 생명의 본능을 보며
살기 위해 강한 가시로 무장하고
서 있는 삶이 무서워

내님 두릅 그만 따라하네

그대 사랑 연한 새순처럼
햇빛 받고 바람소리 얻어
큰사랑 되어가네

두릅 2

갓 따온 두릅을 데쳐
그대와 둘이
하얀 식탁에
연초록 두릅 담은 하얀 접시에
맛깔스런 식사를 차리고

빨간 초고추장 찍어
두릅
그대 입에 넣어주면
그대 사랑 연자방아 두들기는
감미로운 맛

부드러워 입 속에서
녹아나는 맛
내님 사랑 같아

가시가 달린 나무에 자란 새순이
연한 시간이 지나고
한 움큼의 세상을 쬐면
찌르는 가시가 되는
독한 두릅

대추나무 꽃

새움 돋아난 줄기에서
가지가 나와 새가 찍어놓은 듯
피어있는 대추꽃
너무 작아 보일 듯 말 듯
꽁보리밥 그리움을 알려오는 꽃

대추꽃 필 무렵 일 년 중 먹을 것이
가장 귀했던 어린 시절
알몸에 팬티 하나 걸쳐 입고
들판을 누비며 뛰어놀던 아이들
강렬한 빛에 새까맣게 그슬려
새처럼 날아다니다
저녁이면 흘러넘치던 옹달샘에서
배 채우고 발장구치고 돌아왔지

보잘 것 없는 대추꽃이
6월 햇빛 가져와
누런 보리 밭 펼쳐놓고
밟고 지나가라네

까실까실한 보리가시가 있는
보리밭

대추꽃이 피어나면
마음은 고향들판에 누워
꿈꾸던 사랑 쫓아 헤맨다

이 봄, 아직 남아있다면

싱그런 녹음
부드러운 햇살 비추면
떠났다 돌아온 새소리 들려오면
멀리 날아가고 싶다

아직 시간이 남아 있다면
세상 밖으로 떠나
경험해보고 싶다

인생에 대해
노래 부를 힘만 남아있다면
새로운 삶을 시작하고
새로운 꿈을 꿈꾸고 싶다

이 봄,
아직 용기가 남아있다면
난관을 헤치고
아픔을 이겨내고
새 꿈을 찾을 수 있는
세상과의 첫사랑을
다시 하고 싶다

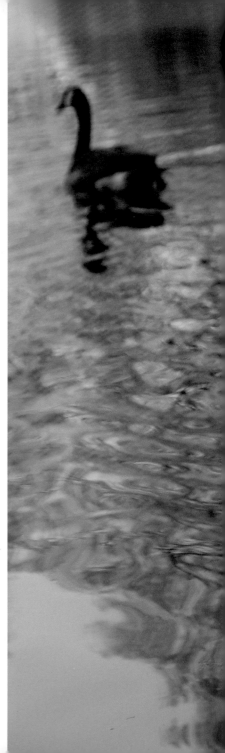

미호천

어릴 때 맛보던 재첩국 향기 따라
오리 길 걸어가면
모래가 번쩍이는 백사장이 보이는
미호천

찬란한 봄을 여는 문턱에서
복사꽃잎 물들이는
설레는 맘속을 씻어내는
조개국물 맛에
동심을 물들이고 따라갔던
조개잡이

찬 물살이 허벅지 속살을
곱게 물들이던
조개잡이 놀이 가는
동네 아주머니 따라가
어린 눈에 큰 강으로 보였던
미호천

맑은 물이
지금은 공단에서 흘러나온 물이
미호천에서 멱 감던 아이들 몰아내고
미호천에 황폐한 바람 몰아치지만

내 가슴 속의 미호천은
속살 붉게 물들이던 동심이 있고
순수한 아름다움이
머무는 곳

뜰

농사 지어보지 못한 사람이
호박 몇 포기
고추 몇 포기
가지 몇 포기 사서
평생 처음 심어 봤다

이 세상을
꽃으로 유혹하는 것이 아닌
열매 맺는 채소만 심었다

아침저녁 물주고 사랑 걸러
튀지 않더라도
햇빛 받은 만큼만 살라고
일하다 지치면 땅에 나와 뒹굴라고
비워 놓은 공간에
밤새 올라오는 성장의 환희

푸른 잎 돋우는 욕심을 안겨와
빈 땅에
옥수수모 얻어다 물을 주고
모종을 했다

먼저 자란 애들 부러워하지 말고
자기의 색깔대로 살라고
무엇이든 달라고 하면 주고 싶어 하는
내 포근한 손길

살구나무

올해는 가뭄에
살구열매 가지에 붙어있지 못하고
쏟아져
강한 생명력 얻은
살구만 남아
살구나무 사랑 독차지하고 있다

고요히 잠든
밤

아름다운 마음을 가져다주는
시골의 풍경을 버려두고 떠나버린
사람들처럼

살구나무가
떨어진 살구를 세며
아픈 가슴을 쓰다듬고 있다

복숭아

우리 집에서 내려와 보이는 집 사이로
봄빛 받아먹는 복숭아꽃이 피었다

전지하지 않은 나무라 슬래브 지붕과
키재기 하며 언덕사이로
빠져나와 봄볕 혼자 쬐더니
복숭아가 불그스레한 볼을 보이며
익어가고 있다

나뭇잎새의 속삭임도 필요 없다는 듯
빨간 복숭아가 잎사귀 제치고
위에 올라가 햇살 죄다 훔쳐보고 있다

주인집 아낙이
맛이 최고라고 자랑하던 복숭아
도도하게 살갗 내밀고
잎새에 치지 않고 제 몫 톡톡히
찾아 빨간 햇빛 차지하며
물들이는 복숭아 보며
나는 물었다

"주어진 삶의 몫을
당당히 찾았는가 하고…"

박태기 꽃

밥풀처럼 생긴 밝은
핑크빛 꽃

앞뜰에 핀 꽃도
늘 친구를 그리워하게 한다

어린 시절 학교에 있던 꽃나무
꽃 모양은 미워도
핑크빛 사랑을 간직한 꽃

우리의 우정과
아름다운 이야기들을 간직했다가
봄이면 보여주는 꽃

소복소복한 꽃 더미 속의
이야기 숨어있다

어려운 시절
잘 살고픈 희망 하나로
교복을 입은 소녀들이 재잘거리던
이야기들을 머금은
박태기 꽃

할미꽃

나이를 먹을수록
자신감이 떨어지고
활동성이 둔해지는 사람들 중에
할미꽃처럼 당당한 이가 부럽다

하얀 솜털 속에
자주빛깔의 꽃잎을 감추고
고개 숙인 할미꽃

천상의 세계로 가자고
약속한 날이 다가오면
숙인 고개는 꼿꼿하고
보송보송한 수염 갈기는
하늘로 향하고 있다

부끄럽지 않게 씨앗을 안은 채
하늘 향해
당당하게 생을 마감하는 할미꽃

세상 하직 하는 날
서러워하지 않고
죽음을 두려워하지 않고
씨앗을 남기고 떠나가는
할미꽃

바람

봄에 불어오는 거친 바람은
오랜 옛날 흙담을 넘어뜨리고

봄에 불어오는 보드라운 바람은
지난 세월 희망에
벅찬 가슴을 흔들어 놓고

비를 뿌리며 불어오는 바람은
세월이 변해 감정이 메말라가는
한과 후회의 기억이
뚜렷한 시절의 시간 속으로
빠져 들게 한다

세상은 변하여
흙담집 초가집은 사라지고
정겨운 과거의 추억도 눈 감은 세상

기억 속의 고요하고 아름다운 동산에
갇혀 있지만
앞가슴 헤집어 놓는 거친 봄바람은
불안한 예감이 들게 한다

멀리 떨어져 살고 있는
아가들 걱정에 잠 못 이루고
부드러운 봄바람이 불어오는 날에
아가들이 아름다운 동산에서
뛰어다니는 모습이 그려진다

철쭉꽃

마당에 심어놓은 꽃나무
따스한 봄날에 줄달음 쳐
봄을 시샘하는 피어나는 꽃들

튤립 해당화 모란들이
아름다운 자태 감추며
꽃잎이 흉한 모습으로 변하면
철쭉은 꽃봉오리 도도하게
환한 웃음 터트리고
꽃들의 이야기 잔치에 참여하고파
기웃거린다

꽃들은 달리기하듯 서둘러 피고
잠시 사랑을 속삭이다 사그라지면
마당가에 허전한 그리움들이 보인다

우아하게 경쟁하듯 피어난
아름다운 꽃들은 미련 없이 작별하고
조심조심 기웃거리며
때를 기다리고 있는
철쭉꽃의 신중함이
소박한 그리움 남긴다

허둥대지 말고 천천히 세상에
아름다운 모습으로 피어나온 날
서둘러 오느라
활짝 피어보지 못한 지난 시절

아아, 청춘이여

서산에서 하룻밤

낯선 곳
뽀오얀 안개가
소나무 위로 피어오르는 곳

촉촉한 안개가 소나무를 적셔주면
바람소리 싫다고 아우성치는
나뭇가지의 몸부림

바다에서 불어오는 찬바람은
다른 곳 보다 늦게 꽃을 피워
정겨운 사랑이 가는 벚꽃

창문 너머
작은 언덕 봄의 향연은
하룻밤 묵고 간
나그네 발길 아프게 하네

이른 새벽
부엉이 소리와
어제 날던 갈매기의
꿈 쫓는 날갯짓은 보이지 않고
바람소리만 들리는 곳

따끈한 방바닥에서
추억이 담긴 장작불 아궁이 벗하며
즐긴 하루 밤

날이 밝아 오면
안개가 꿈을 빼앗아 달아나는
낯선 곳의 하루 밤

이른 새벽 터지지 않는
부엉이 탁한 울음소리가
어제 날던
갈매기의 간절한 꿈 쫓는
날갯짓 묶어 놓아
바람 소리만 들리는 곳

봄비

소리 없이 내리는 봄비
보일 듯 말 듯 온 세상 사랑을 독차지 하고
느린 걸음으로 내리는 봄비

순진한 봄비의 강한 입맞춤은
봄을 더욱 환한 세상으로 비춰주던
화려한 꽃들을 아프게 한다

봄비는 한밤중에 몰래 사랑하고
떠나는 나그네다
강렬한 몸짓으로 내리진 않아도
보드라운 속삭임으로
꽃을 유혹하고 사랑의 흔적 남긴다

봄비는 자식을 위해 헌신하는 어머니다
온몸을 바쳐 잉태하는 새 생명들의 단비
힘찬 태동소리를 내는 아가의 울음소리들
보자기에 담아 놓고 있다

소리 내지 않고 싹을 틔워
밤사이 무성해지는 새싹들

봄비는 아가의 울음소리 같이
감격에 벅찬 날을 펼쳐놓는 날을 기다리며
사랑을 나눈다

모든 생명들에게

봄

봄에 피어난 꽃들의 이름으로 살고 싶어
사랑을 나누는 꽃의 향기

고단한 삶 속에 가두어진 소망의 향기는
봄의 꽃향기 피우고 싶어
꿈이 이루어지는 먼 훗날
꽃의 이름으로 사랑하고 싶어 노래하네

봄은 꽃을 노래하고
꽃은 사랑을 노래하며 기다린다

봄에 피어나는 아름다운 생명들처럼
살고 싶어 노래하는
사랑의 향기

오월

오월에 피는 꽃은
화려하고 소박하다
오월에 내리는 봄비는
방황하다가 살포시 내린다
오월에 조용한 걸음으로 산책하는
보름달빛이 보드랍다
오월에 불어오는 바람소리는
사랑을 방해하지 않으려 옷깃에 머문다
오월의 생명력은
열정적으로 피어올라 풍성한 녹음이 물결친다

빛나는 사랑이 있어 행복한 그대
순결한 하얀 옷 걸쳐 입은
신부 같은 꽃들
파란 숲속에서 연인의 길을 기다리는
오월 꽃의 영혼은
먼 후일까지 기다리는 뜨거운 사랑

햇살

붉은 해가 구름위에 얹혀서
세상 밖으로 나오고 있는
이른 아침에 맞이하는 햇살

마루를 붉은 색으로 물들이며 찾아온
햇살은 잔잔한 생각의 파도를 던진다
붉고 빛나는 비단 실타래로 모아진 햇살
먼 산 위에서 떠오르는 해가
아침마다 선물해준 보드라운 빛의 물결
미닫이문을 덮고 있는 환한 꿈 물결 그림자
마루가 속삭여준다

떠오르면서 점점 옅어지는 햇살은 사랑의 빛깔
황홀한 사랑의 입맞춤은
심장을 녹이는 혀의 끈끈한 감촉으로
감탄하고 행복의 열쇠를 쥐어준다

매일 매일 환상의 햇살을 맞이하며
살다온 걸 행복이라고
성스러운 기도와 행복한 미소를 쏟아주고
가는 햇살

구름에 가려 음침한 날에 고독해지는 햇살
오월에 가장 아름답게 빛나는 햇살은
기쁨과 슬픔과 그리움을
한꺼번에 쏟아주는 햇살

아카시아 향기

어둠이 가시지 않은 새벽
산비둘기 울음소리 들리는 곳
아카이아 꽃이 피는 이곳
아카시아 향기 거침없이 진하게 풍겨주던 곳
짙은 녹음이 깔리고
작년에 왔던 방울새소리 휘파람새소리 들리지 않고
시원한 바람 부는 곳

세상이 변해서 자연도 변하고
그리운 사람도 떠나고
아카시아의 진한 향기로움도 사라져
조금씩 옅은 냄새만 손님처럼 왔다가는 곳이 되었네

관악산 언덕 아카시아 꽃들의 향기가 사라진 것은
꽃이 시샘하여
향기를 가두어 두고 안 보내는 것은 아닐까

철쭉꽃과 영산홍만 사랑하여
온통 붉은 하얀색의 꽃들로 산허리에 채워져
주렁주렁 매달린 아카시아 꽃송이들은
달콤한 꽃향기 가득 채워 숨기고
물결치는 바람 속, 사랑하고 있는 아카시아 꽃
떠나간 님
그리운 가고 싶은 고향
아카시아 향기

떨어진 꽃잎

잠시 꽃이 피었구나 생각했는데
모두 꽃이 져서 땅에 뒹군 꽃잎

화사하던 모습이 바람에 몰려
마당 한 구석에 쌓여서 보기 흉한 사물로 있다

세상도 변하고 모든 게 변하는
인생의 돌고 도는 변화의 흐름처럼
변하지 않고 꿋꿋한 청춘처럼 살려 해도
자꾸만 변해가는 마음과 외모

갑자기 화사한 날씨가 되어
찾아온 봄날에
순간에 날아오는 불행의 소식들

떨어진 꽃잎은 미련 없이 사라지지만
소식이라도 전해주는 사람들의 흔적은
무엇을 준비하고 떠나가야 할지

인생의 고뇌는 가야금 줄을 당기듯
무언가 잡아보고
아름다운 여운으로 남기고 가자

난초 ^{정사초}

이른 봄 봄기운 볼에 스치기만 해도
추운 땅 헤집고 나오는 잎사귀

성급한 강한 생명력임을 알게 하고
사람들의 꽁꽁 얼었던 가슴 녹이고 웃자라
봄꽃들이 만발하고 푸르른 녹음 우거지면
시들어 삭아지는 난초잎
어려서 우린 그건 난초화라고 아끼고 사랑했다

비오고
무더운 장마가 계속되는 날

분홍빛 소박한 여린 모습으로 푸른 잎사귀 없이
꽃대 올라와 정사초라 부르는 꽃
비가 많이 와서
곧 연한 꽃잎 사그라지겠지

비 그치고 햇살 비추는 날
정사초는 꽃대 세우고 활짝 피어 웃고 있다
참고 기다리는 여인네 같은 꽃

주어진 운명에 순응하며 꽃잎 다치지 않고
환히 웃을 날 기다리는
그 꽃의 향기는 7일의 기다림이다

꽃

꽃이 피어도 볼 수 없는
가슴

눈으로 꽃을 본다 해도
가슴으로 느낄 수 없는 빈약한 집주인은
이른 봄날 핀 꽃에 관심을 주지 않아
오월에 피어야 할 함박꽃은 잠들어 있다

내년을 기다리며
주인의 애틋한 관심과 사랑의 느낌을
전달하지 못해
꽃은 아예 활짝 피울 생각 없다

주인의 따뜻한 발자욱 소리와 다정한 손길을
기대하면서
꽃은 사랑의 입김이 스치면 필 것을 기약하며
주인의 무관심은
꽃의 마음까지 닫아버리고
집안이 쓸쓸하다

무심천 다리에서

석양빛이 무심천에 내려앉는
화사한 봄날

봄볕은 흐릿한 먼지에 가리고
싹싹한 바람이 불어와도
벚꽃은 만개하여 온 사람들의 정신을
홀리게 하고 들떠있게 하네

꽃이 활짝 피어 무성한 나무는
무지개다리 이어주고 그곳에
무언가 있을 것 같아
사람들 모여들게 하는 곳

행복과 사랑을 찾아서
환경은 세월의 흐름에 따라 조금씩 변해
오래 전에 데이트 길이었던
무심천 둑길

남아있는 건
보이지 않는 과거의 숨결 뿐
눈이 부시도록 화사한 벚꽃이
봄을 빛나게 하는 무심천 벚꽃 물결들

그 길을 돌고 돌아도 사랑하게 되는
어린 시절의 옛 생각
젊음의 숨결이 남아있는 곳

봄에

겨울에 앙상하게 서서
가벼운 모습으로 있다가
봄에 꽃이 피고 지면 연두색의 어린 싹은
잠시 나뭇가지들은
금세 녹음 바다를 만든다

나무의 부담 없는 변신은
햇살의 따사로움 하나로 이룰 수 있는
삶의 터전이다

추운 겨울에 참아온 고통은
먼저 푸른 잎사귀를 탄생시킬 능력과 재주로
주저하지 않고 자기 할일 하고 있다

온 몸을 감싸고 있는 껍질 내숭 없이 벗겨져
목표를 향한 가벼운 진실 된 삶의 모습은
찬란한 미래의 약속이다

나무가 선물한 녹음의 5월엔
두 주먹 속에 차 있는 욕망 버리자

실망과 슬픔이 주고 간 자리에
웃음꽃을 피울 여유 가져라

가벼운 삶의 모습으로
나무의 변함없는 모습 지켜보고 배우자

등꽃

연한 보라색 꽃이 주렁주렁 매달려
연인 부르고 있는
등꽃나무

의자에 앉아
사랑이야기 속삭여 달라고
소담스럽게 넝쿨에 피어있는 꽃

뜨거운 사랑 시샘하며
가슴 아픈 센 바람이 불면 더욱 반겨
알알이 박힌 등꽃향기 풍겨주고
훤히 보이는 가슴 속 열고 있는
등꽃나무

떠난 옛사랑 그리워하지 말고
새 님 기다리는 등꽃은
아름다운 햇살 받은 보석으로 목걸이 하고서
미소 짓는 꽃송이들

연인이 앉아서 쉴 자리 마련하여
사랑의 속삭임을 듣고도
도도하게 흔들리지 않는
오래도록 사랑하고픈
보랏빛 등꽃이여

모란이 지고 나면

모란 꽃잎이 시들어
아름다움 지킬 수 없어
꽃잎 지는 걸 보면 울고 싶다

작년에 임 떠난 후
모란은 강렬한 사랑을 찾아
우아한 아름다움으로
바람에 맡겨온 모란의 일생

거친 바람 혹독한 추위 원망하지 않고
꽃잎 떨어지는 날
슬픈 모습으로 모란은
이별을 아쉬워하며 사랑 찾아 떠나가는 꽃잎

울고 싶어도 표현하지 않고
아픔 삭이는 모란은 자연의 순리에 따른다
모란의 아름다움은 꿈결 같다

아쉬운 허탈한 웃음은 허공에 부서지고
아름다운 모습 망가지는 걸 보면
우야꼬
인생도 매한가지
활짝 핀 전성기 지나면 시들어지고 있다

아름다운 모습 영원히 지킬 수 없어
또 다른 희망의 고리 남기고
흘러간 사랑은
바람 부는 대로 잊으며 가리고

라일락

수수꽃다리란 이름 있어도 못 부르고
이방인처럼 어설프게 불러온
우리 꽃 라일락이라네
엄마 분냄새 나는 라일락 꽃 피는 사월

꽃이 향기 가득 품고 있으면
동네 가득 아름다운 소식 들려
작은 꽃들이 뭉쳐서 피어나는 꽃

온 가족 모여 떠들썩했던
라일락향기

세상 구경하고파 담장너머 날아갈 때
온 동네 정겹고 꽃의 향기 메아리 울려와
덩달아 사람들 향기 피우고
즐거워하네

제2부

여름

새소리

관악산에서 들려오는
새소리

한밤중에
매년 이맘때면
아픈 가슴 쓸어내리는
사람들 곁에 찾아오는
새소리

생명의 꿈틀거림이
강한 햇볕을 타고
소리 없이 진한 녹음으로 풍만한 관악산이
처녀가슴을 채워놓고
먼 곳을 향하여 발돋움하면
날아가던 새는
부풀어 오른 가슴을 풀어 놓고 울어댄다

둥지 틀어 살 수 없는
한여름 밤의 사랑을
밤새도록 하나보다

곧 떠나가야 하는 애달픈 슬픈 사랑
애달프게 들려오는 새소리 서럽게 우는 새소리
새는 애달프게 울어도
새소리를 듣는 사람들의 가슴은
내일을 약속하며 기다린다

풀벌레

귀에서 자꾸만 소리가 난다
고개를 돌리면 아무도 없는데

무수한 별이 쏟아지던 여름 밤
풀벌레 소리 요란하던 곳
풀벌레 소리가 나면 무섭다
풀벌레가 없는 곳에 사니까

하늘의 별을 세던 그 시절이 떠오르고
풀벌레 소리가 나면
나는 여기에 왜 와 있는지 묻고 싶다

아직 하지 않은 일들이 있는지 생각해본다

풀벌레 소리 요란하고
별들이 반짝이던 밤에
내 가슴에 한 약속
다시 돌이켜본다

장맛비

장맛비가 시작되는 날
우산 속에서 빗방울소리 들으면
옛날얘기 생각나고 비치파라솔 의자에 앉아
정원 화초 앞에 떨어지는 빗방울 보고 있으면
평화로운 낭만이 바람에 스친다

검은 구름이 몰고 온 갑작스런 천둥 소낙비가
한꺼번에 맑은 비를 쏟아놓으면
길 위에 맑은 봄이 도랑처럼 흐르고
물이 넘치는 하수구는 사람손길 기다린다

먼 곳으로 흘러가는 것이 서러워
소리 내어 흐르는 물들의 흐느낌
폭포가 아니어도
소낙비 오는 날엔 물들이 모여
소리 지르고 존재감을 표시하는
쉽게 뭉쳐지는 물을 보면서

쉬이 사람들 속에 섞이지 않는
외롭게 빙빙 도는 소용돌이처럼
떨고 있는 외로움의
나

장마철 소낙비 오는 날

담뱃잎

산이 촘촘히 둘러싸여
간신히 자리 잡은 담배밭

헤집고 들어갈 틈조차 없는
맑은 푸르름은 뿌리 깊은 나무에서
걸어온 생명수로 목축이고
6월 무더위에 버티고 서 있다

이맘때쯤이면
사람 키 보다 훌쩍 커버린 담뱃잎이
땅에 붙어서 생명수 나누어 달라고
아우성친다

가뭄에 일생 끝난 것 같이
서둘러 꽃 피우고 씨앗이나 거두자고
주인 몰래 꽃 피운 담뱃잎

따분한 이들 친구 되어주고
사색에 잠겨 깊은 번뇌에 빠져드는
홀아비 벗이 되어 하얀 연기로
일생을 마감하는 담뱃잎이 목말라
열매만 맺으려 하고 있다

다음 생을 이을
후손이나 두자고

기억

봉숭아 꽃 따다
손톱에 물들인다고
손가락 싸맨 아주까리 잎사귀 찢어진다고
잠 쫓으며 한 밤중에 걸린 졸음 따와
옛날이야기 엮어가던
어린 시절

방문 모두 열어젖히고
옛 추억 일으키게 하는
향 피우면
매끄럽지 않게 이어지는 기억들

여섯 살 동갑내기 친구들이
칡뿌리라고
아카시아 뿌리 나누어 씹어 먹고
독한 기운 온 몸에 퍼져
밤새 토하고 배 앓던 어린 시절

이웃집에서 고기 굽는 냄새 풍겨나면
속을 뒤집어 놓던
아카시아 뿌리 향이 엉킨다

살아있음을 알게 해주는 잊어가고 있는 기억들
하룻밤이 지날 때마다
더 많은 것들이 잊혀지고 있는 기억들

가뭄 그리고 비

벗겨놓은 열일곱 소녀 수줍음 닮은 단비가
가뭄으로 불타는 대지를
두들기는 소리가 들렸다

하늘로 날아간 꿈들이
물방울이 되어 내리는 것이 서러워
애타는 가슴 여는 소리
들릴까 말까 한데 그쳤다

시끄러운 어지러운 세상
어미의 소망이
목구멍까지 차오른 젊은이들이 오갈 데 없어
길거리에서 술집에서 독서실에서
기다림의 폭발물에 터진
꿈이 부서지는 소리가
세찬 폭풍우 소리 뒤에 들려오고

익어가는 하룻밤의 대지는
주워 온 별들의 이름만 세고
소녀의 수줍음 닮은 단비는
벗겨져 위선이 난무하는 세상에 놀라
내 어머니가 신었을
하얀 고무신 신고 달아났다

진실의 뿌리를 축여줄 비는
언제 오려는지

고춧잎

뒤돌아서면
또 마음 걸려 쳐다보는 고추밭

두어 평 남짓 나 하나 누울 자리지만
산새의 지저귐으로 일군 밭이라
사랑스럽다

매일 지켜보다가도
눈길 게으른 달빛에 걸린
이야기 좋아하는 아낙네에 잡혀
꿈속 거닐면
이슬방울이 고춧대 키 잡아당겨
열매 맺고 고개 흔드네

뽀얀 이 드러내고 웃는 미소
한 바가지 담아 비료로 주고
어머니 고단했던 땀방울로
고춧잎에 앉아
지샌 밤이 있기에

새벽

이 동네에서 제일 먼저
떠오르는 해가 있는 집에 살면서도
떠오르는 해 보고 기도한 적이 별로 없어
맘먹고 찾아오는 해 지켜보기로 했다

일찍 일어나 커튼 젖히고 창문 열면
문 열어 달라고 조르던
시원한 산 공기가 솔 냄새 안고 들어온다

잠시 멈추어보면 새벽을 주우러 온 소리가 새벽을 열고 있었다
병 주우러 다니는 딸그락 소리
주방 한 귀퉁이에서 숨죽이는 냉장고 돌아가는 소리
가까이서 들리는 뻐꾹 소리
멀리서 들리는 뻐뻐꾹 뻐꾹 소리
이름 모를 새들 소리
산에 오르며 주고받는 이야기 소리들…

뻐꾸기 소리 들으면 궁금해지기도 한다
변하는 음의 색깔이 왜 일어나는지…

잡스런 생각을 깨는 돌산에서 외치는 메아리가
새벽을 몰고 가면 아침이 밝아오고 있다
하늘 가장자리에 퍼져있는 뿌연 기운이
구름인지 안개인지 매연인지 분간 할 수 없어도
희망을 담고 있는 힘 솟는 태양의 용틀임

동쪽 끝이 붉어져 오늘의 모습으로 해가 오를 때
기억에 남는 오늘은 살고픈 소원을 기도하고 싶다

안개비

비가 온다
안개비가 온다

떠다니는 구름처럼
비가 바람에 떠밀려
작은 알갱이로 부서져
메마른 가슴 열고 적셔주고
순이네 집에
놀러갔다 돌아왔다

이른 가을 아침 고향집 안개 속에서
떨고 있던 들국화 향기 같은 안개비가
무지갯빛으로 물드는
여름날 아침에
설악산에서 아이들과 야영하던 날
비 뿌리던 산에 걸린 구름처럼
꿈을 잔뜩 안고 서 있다

누구한테 가야될지 몰라서
서성대고 있다

산

산이 걸어오고 있다
숲속 녹음이 한눈에 다가온다
님이 숲속에 있다
장마에 우거진 녹음 속에서
님의 무성한 보드라운 머릿결 감겨주고 있다

구름이 몰고 온 바람 얻으면
님의 마음 흔드는 잎새들의 속삭임
산이 소리 내어 울고 있다

숲속에 감춰진 님 나올 수 없어
울어서 알리려고 한다

산이 걸어오고 있다

뜨거운 햇살에 졸다가
구름 쫓아온 장맛비에
험난한 어린 향을 씻어내고 서 있다

비단처럼
숲속 녹음위에 걸쳐있는
님의 모습

푸르른 녹음 더욱 맑아져
익어가는 여름 산

이슬비

소리 없는
이슬비가 옥상 바닥들을
맑은 물 빗자루로 쓸어내린 듯

빛을 끌어 모아 반사시키는
온몸을 흔들어 놓는
이슬비가 오고 있다

마당에 멍석 깔아 놓으면
꿈 많던 동네 소녀들 몰려와
멍석에 누워
빛의 세기로 전해져 오는
별들의 사랑 듣다보면

아무로 모르게
여름밤에 내리던 이슬
하지의 이른 아침
햇빛의 거침이 없는 나들이가
그리워진다

햇빛이 집안 깊숙이 들어와
추억 간직한 먼지 간지럽히던
가까워졌던 하지 빛의 색깔은
장마가 몰고 온 우울증 앓고 있는 가슴을
떠나지 못하고 있다

창문도 열어보고
커튼도 젖혀보고
차라리 창문에 부딪혀
소리 내어 우는 소낙비가 왔으면

이슬비는 적막한 어둠 뿌려놓고
숨 막히는 아픈 가슴을
껴안아주고 있다

어린 시절
무지갯빛으로 자라오던 꿈을
가난이란 가위로 잘라대던
아픔을 잊을 수 없다면
멀리 가 있는
이슬비가 오는 밤

딸아이 소식이라도
전해오기를 기다렸다

자귀나무

보송한 솜털 난 여자아이처럼
수줍어 곱게 핀 자귀나무

그윽한 향기 궁궐 속 스치면
칠월 소낙비 울음에 물에 젖은 새 꽁지마냥
활짝 피어 우는 너

고향 동산 언덕에서
산딸기 터진 가슴 달래주던 잎새
청춘에 부푼 가슴 뭉게구름 쫓던 곳

여름장마 떠나갈 날
보내기 아쉬워 분칠하여 퍼 바르면
꽃잎 잎새 갈기갈기 찢기운 아픔 숨기는 자귀나무

밤에는 갈라진 아픔 접었다가
낮에는 주름 펴며 웃던 기억들의 물결 속에 숨 쉬던 잎새

비 오는 날
논두렁에서 웅크린 새뱅이가 승천할 꿈꾸듯
도시의 한 귀퉁이에서
고향의 그리움 피워내는 자귀나무

자귀나무는 소가 풀 뜯어 먹게 산에 가서 풀어주면 좋아하던 잎사귀이다. 갈기갈기 찢어진
실타래처럼 분홍 핑크로 꽃 피는 나무.

달맞이 꽃

미호천 둑을 시간의 말이 달린다
어제 달렸고
내일 달릴 말 준비하고 있는 듯이
달맞이꽃을 피웠다

가슴 속 벗겨지는 대낮이 무서워
밤에만 살짝 왔다가는 손님
기다리는 달맞이꽃이
사랑하고 있는 손님은
어느 호수에서 피어오는지
하얀 안개가 바람에 의지하여
뱀 같은 소리 내며 기어온다

뱀눈을 가진 안개는
강한 입김으로 흔들어 봐도
님 기다리는 정조
이슬 맞아가며
손님 기다리는 달맞이꽃의 운명이라면
슬퍼하지 않으리

매미소리

비구름에 가린 하늘이
소낙비의 웅덩이를 조금씩
파주고 있는 새벽 아침에
오랜 시간 속에서 빠져나온 매미는
나뭇가지에 앉았다

오랫동안 땅 속에서
오늘을 기다려왔던 매미는
흐린 날씨 탓에
쉰 목소리로 울고 있다
허공을 뚫지 못하고 부서져 내린다

오늘의 아침을 맞이하자고
땅속 어둠속을 후벼 팠던 것은 아닌데
매미는 슬퍼 더 울지 못한다

매미는 햇빛이 쨍쨍한 무더운 날
목소리를 높여 울 수 있다

모든 일에는 때가 있다고 한다
매미처럼

긴 시간을 꿈틀거려 환생할 수 있는 탈바꿈의 순간을
잘 만나야 인생의 꿈을 환히 피울 날 만나리니
서둘러 꽃을 피우는 것은
울지 못하는 매미처럼
슬픔만 노래한다

수국꽃 우린 불도화를 수국이라 불렀다

하얀 송이들이 뭉쳐
둥그렇게 피는 꽃
연두색이 점점 하얀 색으로 변하는
탐스런 아기 얼굴 닮은 꽃
향기는 없어도 소담스런 하얀 색으로
광목옷 같은 전통을 이어 가는 꽃

수국만 보면 울고 싶은 비참함이 치밀어 오르지만
앞으로는 밝은 생각하고 싶다

어릴 때 수국이 필 무렵
고요한 나라로 가신 아버지의 모습에 늘 수국이 핀다
그날 연장되는 건 수국이고 아버지뿐이다

아버지 저승가신 후
어머니가 고생하시고
꿈을 펼쳐보지 못한 형제들

귀여운 꼬마 동생들
수국은 담 위로 얼굴 내밀고 사랑받으려 하지만
나의 수국은 처절한 슬픔이다

안타깝고 간절한 어린 시절 꿈 펼치고 싶어
밤새 잠 설치던 옛날

아픔은 계속된다
이제 넉넉한 맘으로 사랑하고 싶다

바람이 불어오면

여름의 문턱에서 불어온 바람은
가슴 속을 뚫어주는 바람
따가운 햇살에 꽃들이 만발하고
세상에 꿈틀대는 봄바람은 무섭고 거친 바람
봄비에 숨어 소리 없이 오는
마음을 알 수 없는 비밀스런 바람

붉은 해가 떠오를 때
바람이 불어오면
깔깔한 모시 적삼에 가린 어머니 생각나고

강한 햇살이 먼저 무지개 비출 때
바람이 불면
저녁놀이 서쪽하늘 아름답게 비칠 때
바람이 불면
머리 아픈 무거운 짐 내려놓고
가슴 아팠던 지난 날
모두 잊고 싶다

온몸을 휘감는 비단 옷자락 걸치고
무작정 날아가고 싶다

산책

유월 녹음이 짙어진 관악산 산길을
산책 하다보면
아름다운 산의 여운이 사랑스럽다

내 팔이 점점 자라 길어진다면
높고 넓은 큰 산을 껴안을 수 있다면
포근하고 행복한 아이의 감촉이 느껴지는
깊은 사랑

힘이 넘쳐흐르는
산의 조각으로 파묻히기보다
끌어안을 수 있는
큰 사랑을 할 수 있다면

고통과 갈등의 사슬에서 헤어 나오지 못하는
사람들의 마음을
껴안아 사랑할 수 있다면

산길을 걷다보면
생기·있고 우아한 생각의 싹이 넘쳐흐른다

이 산을
가슴으로 안을 수만 있다면

평범한 날

무더위가 울어대는
칠월
숨 막힐 것처럼 습한 공기

바람은 나뭇잎새에 숨어
기분이 땅 밑으로 가라앉은
오후

태양은 쉬지 않고 타고 있다

지구가 돌아서 거리가 가까워져
지구도 타려는 듯이 뜨거운 열기로 가득 차
답답하고 심심한
한낮의 오후

에어컨의 힘을 빌려 집안에 찬 공기 불어 넣으면
가슴을 열게 하는 바람소리 흐느낌의 소리

집 안에서 휴식을 취하며
더위가 식기를 기다리는
바람의 속삭임

정사초

보드라운 분홍색으로
청초하고 가냘픈 여인네 같은 꽃

잡초가 무성한 여름
종종 내리는 장맛비는 단비가 되어
모든 식물을 풍요롭게 해주는 무더위 속
정사초는 잡풀 속에서
도도하게 꽃을 피우고 있다

존재감을 알리고 싶어
긴 줄기로 얼굴을 내민 꽃
햇빛 받으면 금세 웃음으로
고개 숙이는 가냘프지만
소담스런 꽃송이들

열기가 달아오르는 삼복더위에
잎새 받침 없이
혼자 피어 있는 꽃

떠나간 님 그리워
다시 피어나도 변치 않는 사랑 보여주는
열녀가 된 꽃 정사초

님 그리운 꽃
영원한 사랑 간직한 꽃

하수오 꽃송이

솜털 같은 씨앗 날아와
울타리에 싹이 터 오르면
줄기가 금방 자라
하수오 잎새 손 벌려 노래하네

잎사귀 꺾어 맛보면 하얀 눈물방울 쓴맛
잎사귀도 약이 된다고
하수오 꽃은 유난히 향이 강해
라일락 꽃 같은 향기 퍼질 때
아득한 추억 불러오네

귀한 약재라지만
작은 씨앗 날아와
살길 찾은 공간에 뿌리내려
무성한 줄기 뻗어 오르는
하수오

진한 꽃향기로 사랑 나누고
뜨거운 여름 잘 버티고 있는 하수오

뽑을까 말까 망설이다
잡초가 아니라고
작은 마당 한 쪽 빌려
일생을 마감 하려는 하수오 보며
내 인생의 길은
무엇일가 생각해보네

할 일

마당에 엉겨 누워 있는 풀들
강한 햇볕은
연일 쉬지 않고 불을 뿜어대고
바람은 온데간데없어
앞마당은 열기로 가득한 용광로

잔디가 물 달라고 아우성치면
지하수로 목 축여 쉬고 있는 사이
잡초는 빈틈을 노려
새싹을 솟아오르게 하면
잠깐 사이에 풀밭이 된다

잡초를 뽑아 줘야 살아가는
식물들
잡초에 뺏기고 싶지 않은
양분들

잡초가 나팔꽃 곁에 숨어
세상을 어지럽힐 때
일을 해야 한다고 생각해보지만
있는 그대로 놔두고 싶은
계속되는 더위

희망

세상이 변한 만큼 뜨거워진 여름
에어컨 없으면
잠시도 견딜 수 없는 무서운 더위
기후가 변하여 수시로 내린 빗방울
열기와 합쳐져
습기가 숨을 막히게 하는 긴 여름

여름 윤달이 있는 여름은
일생에 처음 지겹고 힘든 날들

한숨 쉬며 어서 가라고 노래하지만
시원한 공기 바람 불던 날
창문 열고 출렁이는 나뭇잎들의
속삭임을 살며시 보노라면
매미와 풀벌레들의 울음소리
요란하게 울려와
여름을 쫓아내고 있다

힘들어도 보내기 싫은
여름

찬란히 만들어주는 녹음과
벌레들의 울음은
살아가고 싶은 여유를
내일을 꿈꾸는 희망을 갖게 한다

무지개

연일 폭발할 것 같은 찜통더위
하늘도 속이 터질 것 같아 울고 있다

답답한 가슴에 어디선가 몰려온
바람에 소낙비가 쏟아진다

한 줄금 쏟아진 대지 위에
상큼한 바람과 신선한 생명력의 향기로
지루함을 달래주는데
반대편 하늘에 선명하게 그려준 무지개
전설 같은 무지개다리

저 곳을 지날 수 있다면
새로운 세상이 보일 것 같다

잠깐 무지개 바라보는 순간
희망이 생기고
흥미로운 기적이 기대되고
삶의 아픔을 잠시 잊게 해주는
무지개

즐거운 여유와 소망을 일구어주는…

밤꽃

유난히 청명한 하늘과 맑은 공기 사랑하는 밤꽃
꽃은 하얀색의 막대기 엿처럼 생겨
주위의 관심을 끌지 않지만
냄새가 강하고 특이해
향기가 홀로 퍼져나간다

채소밭에서 놀러온 향기는 시선을 모으고파
밤꽃향기에 미소 지으며 속삭이면
희미한 아득한 기억

밤꽃이 지고 나면
가시가 돋아난 열매가 맺혀
시골 산 속으로 쫓겨난 꽃향기
밤꽃은
우직한 산골 사나이 냄새 나는 꽃

처자식만 사랑하다가
평생 일만 하다가 떠나가는
옛날의 아버지 냄새

달콤한 꿈을 간직하고도 사랑을 받지 못하는 꽃
밤꽃이 피는 유월이 오면
밤송이처럼 영글어 가는 햇살이
더 뜨거운 여름 열정을 채우고 싶다 하네

원추리 꽃

따사로운 햇볕이 좋다
유월에 피고 있는 꽃은
님 기다리다 꽃이 되어버린
긴 목을 가진 꽃이여

나무가 울창하지 않았던 어린 시절
야산에 잡목과 어우러져 피었던 꽃

줄기 뽑으면
금방 한 움큼 뽑을 수 있었던 원추리는
지금은 산에 녹음이 무성해 잘 자랄 수 없어
귀한 야생의 꽃

마당에 한 두 뿌리 심어 놓으면
몇 해 지나 번식해서
원추리 꽃 활짝 핀 마당

아침 이슬 머금고
청순하게 입 벌린
노란 원추리

깊은 가뭄에서 터져 나올 것 같은
시원한 나팔소리 울릴 것 같아
해를 바라보고 소원 비는
원추리 꽃

제3부

가을

밤 줍기 대회

어른이 되어
아이들 틈에 끼어서
밤 줍기 대회

장대로 밤송이 털면
구부린 등에 떨어져 가시가 박혀도
하나라도 더 줍겠다고
고향을 떠나온 후 처음이라
큰 기대는 안했건만
아이들의 아우성 속에서
가져본 이 시간의 즐거움

서로 차지하려는
짜릿짜릿한 밤송이 가지 같은 순간들

밤송이에서 알밤을 벗겨내는 순간
어린 시절 기억을 덮고 있는
세상살이를 벗겨내는
시린 가슴 털어주는 청량한 느낌이 온다

알이 작은 토종밤을 삶아
깨물어 보면
옛날 밤맛이 그대로인 밤이기를…

시간에 쫓기던
서울 사람들을 즐겁게 해주던
밤 줍기 대회

메밀꽃 필 무렵

한걸음 빨리 안식처로 향하자고
양평으로 가자는 선이네 제안에
초등학교 동창으로 살아온
긴 인연의 고리로 홍천에서 봉평을 들렀다

메밀꽃 보고 가자고
서둘러 재촉하여 돌아온 길

고집하여 길은 나섰으나
산과 들이 겹쳐 지나가 한참 만에 봉평에 당도하며
메밀 전을 시켜먹고 숨 고르면
하얀 소금을 뿌려놓은 듯한 메밀 꽃밭이 보인다

허생의 지나간 세월에 묻어나는
그리움 같은 일들이 생각난다

가뭄이 들면 모내기 대신 심던 메밀 밭
향수 속에 빠져드는 상상을 초월한 평화로움

넓은 메밀 꽃밭에 꽃대궁은 붉게 물들어
꽃이 이미 져버린 곳에 저녁놀이 비쳐진 듯
메밀꽃 필 무렵의 소설 속에
흠뻑 빠져

달밤에 하얗게 핀 메밀꽃 밭이
펼쳐진 좁은 길을 걸어가고 있었다
동이와 함께

고추잠자리

앞을 어지럽히는 빗방울이
나뭇잎 사이로 쏟아지면
날개를 보호하려는
고추잠자리는
빗속을 빙빙 돈다

하늘 높이 날았다 돌아오는
고추잠자리는 헤엄치듯
제자리에서 날개를 털며
거친 소낙비의 시위에도
아랑곳 않고 잠시 앉았다
집을 지키기 위해 떨고 있다

내 아이 어렸을 적 잠자리채로 잡아서
잠자리함에 가두었다가 한 마리씩
날려 보내 주던
아들의 소중한 추억이 돌아온다

아들은 군대를 가서 없고
동네 아이들은 있지만
잠자리와 노는 아이도 없고
예전처럼 흔하게 보이지 않는 잠자리가
허공을 찌르는 오후

들국화 1

햇볕에서 뽑아낸 실로 짠
스카프를 걸치고
들국화꽃 옆에 앉으면
곱게 물든 나뭇잎이나 찬바람은
가을 붕어 떼들의
입질을 느낄 수 있게 한다

눈부신 노오란 꽃망울엔
수많은 보석들이 숨어있어
건드리기만 해도 꽃가루 흔적이 묻어나
순결한 성역을 침범한 이들을
영원히 붙들어 놓으려 하고 있다

야생초 곁에서 수줍게 자란 들국화는
가을이 깊어야만 노오란 꽃봉오리 터트리고
향기를 뿜어낸다

늦가을 추운 날씨에도 단아한 모습으로
환히 빛나는 들국화

유난히 아름다운 자태 수줍어
다른 꽃들이 지고 난 다음
산과 들에서 피어나
보석처럼 영롱한 맵시에
가을의 여왕이 된
들국화

들국화 2

이른 아침 안개 속에서 반짝이는
들국화

가시나무새의 운명처럼
여름 내내 비바람 맞으며
천둥소리에 풋풋한 가슴 멍들어
첫사랑의 아픔을 잠재우며
여름 내내 햇볕을 짝사랑한
들국화

추운 가을날에 홀로 피며
강한 향기로 실내천을 누비고 있다

어머니로 살다 가신
수많은 영혼들처럼
이름을 남기진 않았어도
이 세상을 있다간
흔적을 남기신
우리의 어머니처럼 피어있는
들국화

호박꽃

호박 넝쿨 조막손으로
잡풀 사이 헤치고 나가면
줄기에서 웃고 있는 호박꽃

지난 밤 밤새
봉우리 촉촉히 축여줄
별빛이슬 애무하던 꽃닙

먼동이 트면
한꺼번에
벌어진 입 다물 수 없어
따사한 햇살이
잎새 흔들어 이슬 거두어가면
고개숙여 시들어 가는
호박꽃

꿀 따러온 벌들에게
모든 것 내주고
님의 사랑 얻은
환희의 노래 부르고

열매 맺혀 풍요로운 식탁 보여도
다시 새로운 꿈
꽃 피울 그날 기다리는
호박꽃

이름 모를 들꽃이 되어

거칠고 메마른 곳에 피어난
그대 사랑 적시어내면
황혼에 넋 빠져 헤매는
철 모르는 어린 새 안아주는
그리움

이름 모를 들꽃이 되어
돌아올 날 기다리다 지쳐 돌아선
그대 사랑 다독거리면
가뭄에 단비 찾아 헤매는
새까만 농부 감싸 안는
그리움

새

푸른 초원에서 누워 잠을 자고 있는데
파랑새가 날아왔다

침입자가 있다고 날갯짓을 하면서
어서 일어나 가라고
새의 부리로 어깨를 쪼았다

날개로 바람을 일구면서 원을 그리며
내게도 날개를 달아주려고 하는 듯이
곤한 잠자고 있는 벌린 입 사이로 이에 낀 찌꺼기를 쪼으며
공격적인 날개에 힘을 실어 기세가 당당했다

꿈이라고 눈을 떠야 한다고 생각했지만
신음소리만 들릴 뿐 몸이 안 움직여졌다
깨워주는 이도 없고 깨어날 수도 없었다

몸부림만 커져 갈 뿐
새의 지저귀는 소리 아득하게 들릴 때
눈을 떠야만 산다고 있는 힘을 다해 몸을 일으켰다

세상을 다시 보는 눈으로
꿈에서 깨어났다
푸른 초원에 서서 훨훨 날아다니는 새처럼
잠에서 깨어났어도
파랑새 꿈을 쫓아가는
아직 부족한 마음의 이파리들이
바람이 몰고 온
들꽃향기에 출렁거렸다

반지

때 묻지 않은 손가락에 풀꽃 반지 끼워주고
풀꽃으로 화관 만들어 머리에 쓰고
우린 풀꽃 사랑을 했지요

남들이 알아주지 않는 풀꽃처럼
아들이 많은 집에서 태어난 님은
가족들이 유별난 시선을 끌지도 못했지만
풀꽃 같은 사랑하는 마음이 있어
늘 부드러운 바람이 불었지요

풀꽃반지 끼워준 손가락에
보석가게에서 사온 반지 끼워주고파
보석가게 기웃거려
풀꽃 같은 아내 끼워줄 반지 마음 두고
적금 타는 날 통장 달라고 했더니
아내가 이미 다른데 써버렸다는 말에
화가 난 풀꽃님은 엉엉 울었지요

맘먹고 아내 반지 한번 사주려고 했는데
이제 생각을 말아야지
아내는 그날 밤에 몰래온 달님한테 말했지요

달님 풀꽃 반지가 더 아름답지요
반지 안 낀 손으로
내 사랑 가꾸는 마음 말이에요

무궁화 꽃

분홍빛 망사로 얼굴가린
신부가 웃고 있다

바람이 불면
온몸으로 흔드는 수줍은 미소
시들어가는 이별의 슬픔이 보인다

시집살이 새댁 가슴 속 닮은 꽃송이
방방곡곡 살아가고
사랑으로 챙길 것 많다
오늘 산 꽃잎 하나지면
내일 살 꽃잎 하나 봉우리 맺힌다

시들어진 꽃잎
날지 못하면 뭉개져 땅에 져도 찬바람 맞고
절대 슬퍼하지 않는다

사랑해야 할 것과 슬퍼해야 할 것이 많은
무궁화

부용화 1

마름질하기 위해 펼쳐놓은 천처럼
가볍게 꽃잎 떨구는 분홍빛 부용화
담장 높이까지 올라가
풍만한 자태를 드러내고 있다

부용화를 보면
모르는 게 너무 많아 묻고 싶은 것이 많다

왜 피었는지
씨나 뿌리는 무엇으로 번식하는지
길가에 핀 부용화는 저절로 피었는지
그러나 아무도 가르쳐주지 않는다

그이가 살고 있는 집을 가자면
부용화 핀 집을 돌아가야 된다

나는 아직 그 집 주인을 본 적이 없다
문을 두드릴 용기도 없었다
그이가 그 곳에 간지 1년이 되었건만
나는 이방인이 되어 가끔 그 집을 기웃거려 본다

어릴 때 내 주변엔 부용화 꽃이 없었다
중년이 되어서 내게 다가왔다

고향 동네 길가에
아름답게 피어 있는 모습으로

부용화 2

비 오는 날
꽃잎 움츠려 비 피하고
천둥소리 꼭 깨문 꽃잎은
햇살 비추면
꽃잎 활짝 열어
영글은 무명 같은 속살 내보이는 부용화여

님 떠난 설움을
가슴에 안은 부용화여

무더운 날씨에도
환한 꿈꾸며
변함없이 님은 갔어도
웃고 있는 꽃이여

선인장

어느 날 밤인지
언제 올 줄 모르는
보드라운 환상의 날개를 단
선인장 줄기에서 만지면 녹아내릴 듯
미백색의 환한 꽃이 피면
내 방은 선인장의 고향

얼마를 돌아왔는지 셀 수 없는
향수의 파도는
잠자는 지붕을 덮치고
내 꿈속에 들어온다

아득한 별의 사랑을 따온 해가 떠오르면
열렸던 꽃봉오리 도로 닫고
꿈을 접어 모든 걸 지워 버리는
너무 짧은 밤에 피는 하룻밤의 꽃

꼭 다문 꽃잎 다시 열리기를 기다려 봐도
점점 시들어지는 선인장 따라
애타는 젊은 날들

구월

날이 가물어
밭작물들의 잎사귀가 타들어가는 구월

햇살이 늦더위 틈을 빠져나와 마음을 열어주면
맑아진 바람은 주위의 일에 무심하다는 듯
꿈이 파란 하늘의 한숨이
한 점의 소원마저 거두어 가고 있다

길가에 활짝 핀 코스모스 꽃잎들은
목마른 긴 목을 햇살에 드러내면
간절하게 슬픔의 옷 맞이하고
춤을 추고 있는 꽃잎들

지난 구월을 기억하는 코스모스 꽃은
내년 구월을 기약하고
아름다운 바람이 마지막 한 점
꽃잎을 가져가도 꼿꼿이 서서 긴 숨만 몰아쉬네

작은 것의 기쁨 소중한 것이라는
땀 흘려 일궈낸 작은 것의 열매들은 내 맘을 기쁘게 하네

작은 일에 정성을 들이면
눈에 보이는 작은 변화들이
마음에 빛이 되어
대단한 것이 아니라도
사랑을 가꾸는 미미한 작은 것의 기쁨은
밝은 미래 기다려주네

꽃길

아우네 장터 만세소리 들릴 듯
16세 소녀의 아름다운 목소리

가시지 않아 외롭지 않은 이곳
길가에 피어있는 꽃들

무슨 꽃인지 이름을 부르지 않아도
가슴을 물들인
길가에 심어져 있는 꽃들이
지나가는 차량들의 몸짓에
눈길 한번 주고
불어오는 바람에 꽃물결 일으키면
꽃을 보고 있는 나
현기증 일어난다

마음의 여유 없어
빗장 걸어두고 열지 않은
찬 가슴에 꽃의 군무는
새로운 꿈을 낳고 있다

가을의 꽃들은 봄에 피는
꽃들과 다른 느낌을 주고
출렁거리는 고향을 부르는 듯 한다

호박

황금빛으로 물들어가는
호박을 땄다

여러 개를 땄는데 아직도
호박 줄기에 익어가는
호박이 달려있다

초여름부터
가꾼 열매라 정들인 사랑
호박 속에 가득하다

다이어트 하는 딸아이한테 해줄
소중한 사랑의 의미가 있는
호박을 거두어들이는
기쁨을 알게 하고
서늘해져가는
가을의 시간을 알게 한다

가을

나이를 먹은 탓일까
자연이 이렇게 아름다워 보이는 것은
나이를 먹은 탓일까?

젊은 날의 분노를 용서하고
넓은 마음을 가질 수 있다면
모든 것이 다 아름답다

새소리도 길가에 피어있는 꽃도
잡풀 속에서 눈만 내놓고 있는 가을꽃도
가꾸지 않은 정원에서 피어난 국화꽃도
그리고 겨울을 준비하고 있는
물들어가고 있는 잎새들도
세월에 순응하고 살아가는
이웃들도 아름다워 보인다

노오랗게 물든 솔잎 가루가 떨어지고
소나무도
노랗게 물드는 것을 깨달으며
솔잎 가루 긁어
무쇠 솥에 불을 지피던
구수한 밥 냄새가 생각난다

차오르는 달

한낮에 걸려있는 반달을 보고
한참 생각을 해도 잊어버린 자연의 순리

파란 하늘 위에 보일 듯 말 듯
허연 달은 여인네의 수줍은 미소 띠고
파란 물들인 명주천 위에 얼룩 자국 그린다

벗겨내고 깨끗한 하늘 볼 수 있다면
오랜만에 보는 반달^{상현달}
바쁘다고 여유 없이 서울 하늘 한 번 쳐다볼 틈 없이
세월 가는 줄 모르고

고향에서 보는 가을 하늘
어둠이 깔리는 시간이 되어서야 반달임을 알고
반가움은 잠시 허탈한 가슴이 시리다

자연의 아름다움을 잊어버리고
무엇인가 할 일이 많아 새로운 삶을
그려볼 시간 없이 흘러가 버린 세월

할 일은 많은데 남는 건 지나가버린
세월의 그리움

얼룩이 진 반달이
내 얼굴 닮아 있는 것 같아 웃어본다

비

태풍이 옆 나라를 강타하여
많은 흔적과 상처를 주고
그 영향으로 비가 온다
얌전히 바람 소리 한 점 없이 속삭이듯 온다

빗방울은 세지도 않고 보슬비처럼
새색시 걸음걸이로 밤새 온다

새벽에 내리는 초가을 비는
세월을 재촉한다
곧 추워질 것이고 낙엽이 물들면
아름다운 단풍이 산하를 채워주면
사람들은 즐겁고 행복하지만
가을이 성큼 다가오는 것은 싫다

가을이 멀리 비껴 있다가
천천히 오길……

빗소리 들으며
오늘 같은 내일이 지속되길 빌어본다

보슬비처럼 오는 가을비를 맞으며
욕망도 꿈도 사라져
소리 없이 오는 빗줄기처럼
세상 원망 없는
흔적 없는 생활이 되길……

가을 1

아낙네 가을을 이고 가는 광주리 속에
거울이 놓여 있다

하늘에 그려져 있는 풍경을
비추고 있는 거울은
지난 모든 걸 옮겨 놓고서
마지막 비추지 못하는
끈을 잡고서 울고 있다

시골의 풍경
지난 시절
아름다운 꿈 모두 담겨 있지만
억지로 이루어지는 것이 아닌
인연의 끈은 비출 수 없다

아! 가을은…
모든 걸 생각나게 한다

가을 2

가을빛이 너무 고와
여행길에 올랐다
푸른 하늘에
부서져 내리는 햇살

하늘이 더욱 깊어
맑은 밤하늘에
반짝이는 내님 별 찾기 막막하다

넓은 들판 속삭여주는
바람소리 감미로워
기지개켜면 찬바람에 놀라는 벼이삭들은
서둘러 샛노란 가을 들판을 이룬다

넘실거리는 황금빛의 파도는
곱게 물든 저녁노을에 부서지고
꿈을 기다리고 있는 가을은
허벅지에 알 배는 줄도 모르고
힘이 솟는 계절이여

가을 3

바위에 앉아
가을을 바라보고 있다
가을은 내 곁에 있다

아름답게 물든 잎사귀들이
하나둘 떨어지면
나무는 알몸이 된다

나무여 왜 옷을 벗고
알몸으로 기다리는가?
어차피 지나가 버릴
가을 사랑 아니런가?

바람에 부대끼는
가을만의 몸짓이 나를 부른다

가슴 속에서 헤매고 있는 사랑이여

타오르는 빛이 넘쳐
지나가는 바람하고도 사랑을 속삭이던
지나가버린 잃어버린 그 시절
나를 닮은 낙엽이
사랑 쫓아 바람 따라 가고 있다

화양계곡

아름다운 색깔로
물드는 나뭇잎에서 울려 퍼지는
가을 노래 소리에 끌려
속리산 화양계곡 깊은 골짜기에
따라 들어와
그대와 나란히 마주보고
바위에 앉았다

메마른 계곡은
힘차게 울어대던 물소리 사라지고
숨 막히는 고요가
잠자는 숲속에서
두려움을 몰고 와
가을의 노래 엿듣기가 망설여진다

웅덩이 고인 물에
그대 모습 비춰지고
작은 돌처럼 까맣게
모여 있는 다슬기들이 그대 얼굴 출렁일 때
고요한 가을을…
두 손 가득한
물속에 담았다

감

앞마당에 서 있는 감나무에
감이 주렁주렁 달렸다

나뭇잎이 다 떨어지도록
아무도 따지 못하게 했다

많이 열려 알은 적지만
이 감나무를 보면
친정 뒤뜰에 있는 감나무가 보인다

어머니가 감나무에 매달려
알이 굵은 감을 따시던 모습이
때로는 주먹만 한 땡감이
어머니 얼굴을 때려
광대뼈 위에 멍이 퍼렇게 그려져 있어도
홍시 만들어 자식 나누어줄 욕심에
아픈 줄도 모르시던
어머니

낙엽 갈피에 재워놓고
어머니 모습 물씬 피어올라
전해지는 사랑 흐뭇하다

찬바람이 몹시 불어오는 겨울에
친정어머니 모습 보듯

알로에꽃

알렉산더 대왕시절
병사들이 상처에 발랐다던 알로에

줄기만 남아 마음 한쪽에 치워놓고
키울 것인가 포기할 것인가 망설이다
줄기 잘라 윗부분을 옮겨 심고 정성을 들였더니
한여름 지나고 베란다에 옮겨진 알로에는
작은 꽃망울을 터트리고 있다

처음에 작은 싹이 돋더니 금세 자라
사막의 방울뱀의 머리 모습처럼
알로에 꽃이 피어나고 있다

꽃줄기가 자라면서 허물 벗는 뱀처럼
꽃받침 속에 하나하나 숨어있는 꽃망울들

혹시 사막에 있는 방울뱀과 사막에서 자랐을 알로에는
유전인자가 같은 세포는 아닐까?

햇살 가득 부으면
뻣뻣한 잎으로 어디가 고향인지 답하지 않고
물방울 비벼대는 알로에 보면
나의 삶은 살찌워진다

하루가 다르게 변하는 식물처럼
변해가는 세상을 바라보면서

용봉산

숨 가쁘게 용봉산을
더듬어 오르면
산 정상에 용봉바위가
용틀임하고
낯선 시야를 넉넉하게
감싸 안는 미륵불의 미소가
발길을 잡고
들려주는 자비

용봉산은 기이한 형상으로
서있는 바위가 많아
단풍이 물들어도 쏟아낼 수 없는 가을빛은
화선지에 수묵화로
묵은 이별의 한을 토해내고 있다

바위 한쪽 끝에서
소리치고 있는 소나무는
도토리알보다 작은 솔방울을
씨앗으로 남겼어도
늠름한 자태에 고개 숙이는 바람소리

용봉산의 오후는
가을을 흔들어 깨우고
나는 용봉산의 변함없는
바램을 헤아려본다

단풍

우면산과 청계산에 떡갈나무가 많아
가을 단풍이 아름답다

청계산의 폭신한 비단이불 같은
단풍의 멋
고속도로에서 밖을 바라보면
청계산 단풍이 단연 으뜸이다

머리가 반백이 된 오빠와 함께 오다
저 산 단풍 좀 봐
예쁘다 오빠도 한번 산에 가봐 했더니
어린 나이에 아버지 여의고
많은 동생들 뒷바라지한 오빠는 말했다

시골에서 늘 바라보고 살아온
산야들인데 뭐가 아름답니 지겹지

키 작은 13세 소년이 지게를 지고
나무를 하고 들일을 하던
오빠의 마음에는 고향을 떠난 안타까움이 없다

오빠의 그런 고생을 해보지 않은
나는 청계산의 황금빛의 단풍물결이
사라질까 아쉽기만 하다

찬란한 가을을
두 손으로 꼭 껴안아 간직하고 싶다

지금 떨어지는 나뭇잎을 보면서

파아란 나뭇잎이 하늘을 수놓고
떨어지는 모습은
눈이 내리는 것 같다
황홀해 보이지만 이내 쓸쓸하다

흰 눈은 녹으면서
새로운 희망을 주고 변화를 주지만
나뭇잎은 땅에 떨어지면
한해가 다 갔구나 서글퍼진다

나는 중학교를 졸업하던 해
어머니한테서 독립하겠다고 끝내 진학하지 않았다
나이 오십이 되었어도 아직 끝나지 않은 배움

가을 햇살 듬뿍 마시고
아름다운 색으로 물들이고
떨어지는 나뭇잎들이 가는 길은 평안하지만
거친 바람에 밀려 떨어지는
파아란 나뭇잎들을 가야할 곳이 있어
춤추며 천천히 떨어진다

아직도 제대로 준비하지 못한 나의 길은
할 일이 남아 있듯이
현재의 삶을 포기 하지도 않으면서
더 하고 싶은 것이 있다고
나는 지금 떨어지는 나뭇잎을 보면서
나의 과거를 보고 있다

샛노란 국화

뜰에 놓여진 노란 국화
화분에 심어져 소담하게 피어서
이곳으로 옮겨온 국화

금빛 햇살 가득한 가을 하늘 아래
꽃들은 춤을 추며 오가는 사람을 반기네

국화꽃의 향기는 다정한 친구의 냄새
향기 스칠 때 스쳐오는 과거의 추억들
국화는 가을이 아름다운 계절임을 속삭이고
국화는 먼 곳에 간 친구의 소식을 알게 한다

아름다운 꽃향기가 비추는 세상은
넉넉한 황금빛의 여유가
펼쳐지고 소식을 전할 수 없는 곳도
평화로운 조용한 삶일 거라는 느낌이 온다

노오란 국화꽃이 피어나는 가을은
넓은 뜰에도 노오란 물결이 출렁인다

따스한 햇살 아래서 속삭이고 싶은 가을
샛노란 국화처럼 활짝 핀
속마음 열고 진솔한 얘기 나누고 싶은
친구가 그립다

가을의 법칙

어제까지도 따스한 입김으로 달콤하고
화려한 가을 햇빛을 흔들어
우리 집 언덕 노오란 들국화에게
더 오래 피어있으라 말하더니
오늘 갑자기 검은 구름은 가슴속까지 춥게 한다

유유히 날던 가을 철새 쳐다보고
하늘에 신비한 그림 물들이던 시골마을 소녀들은
그려보고 싶은 그림들을 그리지 못한 채
떠나와야 했던 고향

지난 날 속삭여왔던 자연의 노래는 잊고
별다른 일 없이 살아가지만
어둠이 땅에 내릴 때 석양빛과 이들은
절대로 남한테 신세지며 살지 않는 걸 안다

그들은 자연은 서로 사랑하는 것,
나 살기 위해 남한테 못할 일 하지 않고
추운 가을이 오면 나뭇잎을 얼른 물들이고
떠나가야 하는 걸 안다

무수한 자연의 속삭임이 들려오는 가을
바람소리 낙엽소리 솔잎 떨어지는 소리

저절로 자란 자연은
세월 따라 순응해야 하는 걸 알고
자연의 소리를 들을 줄 아는 이들은
전철 안에서 일어서고 앉아야 할 때를 안다

잔인한 시월

하늘은 더 높고 맑아 상큼한 날
햇살 청량하게 비추면
꽃피는 봄보다 시월을 만끽하고 싶은
일생의 추억거리 기억하고 싶어
아름답게 치장하는
자유의 몸부림

살기 좋은 세상임을 느끼게 하는
하루하루

가을비라도 와준다면 가슴을 차분히 가라앉힐 것을
시월의 마지막 저물어가는
저녁노을은 젊은 청춘 유혹하며
숨 쉴 공간 없이 모여들게 하여
꽃처럼 아름다운 청춘을 앗아갔다

잔인한 시월의 마지막 날 그날
잊지 말자
세상을 날고 싶은 날 맑고 맑은 날 속에
숨어 있는 악의 그림자 잊지 말자
이제 앞으로 올 시월엔 그들이 흘린
눈물이 비가 되어
소리 없이 오래 왔으면……

제4부

그리고 겨울

소나무 한 그루로 살고 싶다

하얀 눈이 소리 없이 내려와
온 세상을 덮고도
눈은 그칠 줄 모른다

발이 덮이는 눈밭에 서면
그 눈은 내 맘을 하얗게 덮는다

하얗게 덮인 세상이
환한 빛을 내면
내 가슴에도 밝은 빛이
정상을 향해서
눈길을 오르는 행렬 끝없이 이어지고

하얀 눈이 덮인 순수한 세상을 사랑하는
소나무의 푸른 솔잎
추운 겨울에도 변하지 않는
당당한 내 사랑

소나무 한 그루 되어 사철 살고 싶다
변하지 않는…

겨울비 내리는 날에

한 겨울에 내리는 비
화단에 놓인 국화의 메마른 줄기
가지 속에서
돋아난 새싹을 슬프게 한다

감각을 잃어버린 계절은
하늘 위로 날아가는
철새들을 잡아보려 하지만
이슬비가 하루 종일 방해하고 있다

겨울에 내리는 비는
슬프다

돋아난 새싹은 이대로 봄을 맞이하며
황량한 벌판을 달려온 찬바람은
고향으로 가는 길목에 서서
꿈을 꾸게 한다

새벽 겨울산

새벽 산꼭대기에 와서
눈을 높게 뜨고 멀리 보아라

산, 겨울 산
숨 쉬는 숨결마저 꽁꽁 얼려
동상을 만들어버릴 추위 속에
하늘 가장 자리에
새 아침노을이 차오르면
뿌연 안개 속에
모습을 드러 내놓는 산

부드러운 곡선으로 이어져
한 꺼풀씩 베껴내면
은밀한 깊은 곳에서 세월을 잉태한
산의 여신이
굉음을 지르며 해를 낳고 있다

소나무

바람은 어둠을 불러와
하늘을 찌르고 있는
소나무에 앉아
그대 바라보고 있다

어둠의 빛이
장롱 속에 숨겨진
빛바랜 편지 들춰내고
흔들리고 있는 소나무의 물결은
너무 깊이 간직하며
찾아올 수 없는 지난시절
뜨겁던 흔들림

소리 내어 우는 바람은
이제 떠나가야지 생각했던
온몸을 흔들어대던 지난 시절
간직한 고요한 샘물에
얼굴 비춰본다

기다림

한가한 시간을 쪼아대는
새소리
모습은 보이지 않고 새소리 어지럽다

짜증나는 기다림
혀끝에 맴도는 속 타는 분노
일보러간 남편을 기다리는
현대자동차 하치장 차 안에서
바다냄새 싣고 오는 바람도
반갑지 않아
시간을 쪼아대는 새소리만
그들의 고향을 전해온다

새끼 품으러 이곳에 날아와
분주한 시간을 벌어
풍요한 번식을 기다리는
이름 모를 철새들

기다림은 참는 것
인연이 되어 돌아올 때까지
시간을 내는 것이다

관악산

산줄기가 동네까지 이어져
그냥 계절마다 바꿔 입는 산의 색깔
보고 살았습니다

산이 내뿜고 있는 정기를 외면한 채
산에 올라가 내리뻗은 산줄기가 흐르는
긴 긴 생명의 놀라움을 보고
뒤집어진 오욕의 모습을 실어갈
바람을 찾았습니다

관악산에서 진정한 자유를 누릴 수 있는 자는
고개 숙여 어깨 낮추고
태곳적부터 내려온 산신의 깨달음을
가슴에 담고 살아야 함을 알았습니다

무서워 도망칠까 생각하다가
관악산이 주는 속삭임에 순종하고
세상의 진리를 거스르지 않는 것이
관악산을 바라보고 사는 사람의
마음가짐을 알았습니다

잘 살겠다고 더 갖겠다고 몸부림칠수록
무너지는 노여움을
관악산의 가르침을 무시하고 사는 자들에게
벌로 응징함으로
자유스러워짐을 알았습니다

눈

눈이 오는 날 눈물이 난다
눈이 오다 비가 온다

온 세상 덮고도 모자라
천년을 이은 전설 같은 첫사랑에도 눈이 내린다

보이는 것은 하얀 눈
날리는 눈 자락으로 모든 만물 감싸 안고
가슴 파고드는 그리움
눈이 오는 날 눈물이 난다

첫눈 오는 날
첫사랑 약속 지키지 못한 추억
고이 간직하고
멍든 가슴에 시리도록 하얀 기억들

천년을 이어온 전설 같은
긴 세월 방황하고 돌아온
첫사랑에도 눈이 내린다

철조망

공원녹지 한 쪽에
썩어가는 나뭇등걸에 의지한 철조망이
전쟁터 고지를 연상케 하는
흉물로 만들어졌다

철조망 쳐지기 전에는
사람들이 다니던 길

철조망 쳐지고
곧바로 한 쌍의 작은 새가 날아와
철조망 위를 가벼운 몸짓으로 점프라고
들고양이가 냉기 도는 흙에 뒹굴며 털을 고르고
다져진 흙속에서는
잡풀이 새싹을 틔우려 물을 긷고 있다

자연의 생물들은
사람의 행태를 알고 있었다

창문을 열고 바라보아도
도망가지 않는 천진스런 눈망울들

양면성이 노출된 철조망 사이로
바람은 거리낌 없이 드나들며
단절된 사람과 동물 사이의 분노를
굴속의 젓갈처럼 삭혀가고 있다

첫눈

서울엔 첫눈이 오지 않았다
고향엔 첫눈이 왔다
고향을 늘 그리워하며 살았는데
고향은 가까워 졌다

편리한 교통은
마음만 먹으면 금세
고향을 다녀오게 한다

이제 고향은
서울에도 있다

어릴 때 살던 곳엔 그립고
가고 싶었는데
고향에 가면
서울에 금방 가고 싶다

고향에서 바라본 첫눈이
서울에는 내리지 않았지만…

서울에 오면 고향에 온 듯하다
서울에도
첫눈이 내린 것 같다

기다림

작은 까만 알갱이로 추운 겨울 보내고
봄을 기다리던 씨앗들

싹이 터서 싱싱하게 자라면
화려한 식탁 위 싱그럽게 꾸밀 날 기다리던 씨앗은
사랑과 우정을 나누어줄 새싹이다

사랑 나누어 주고 싶은 기다림은
목메어 말이 없지만
순수한 희망의 산실이다

애타는 심정으로
님 오는 날 기다리는
봄비

몸 바쳐 그님 위한 날 기다리는
씨앗들

봄 잔치 여는 날 님의 목소리 듣고 싶어
기다리고 있는 꽃향기들

봄은 님을 위한 기다림이다
사랑의 밑기둥이며
희망의 산실이다

고추

김장하고 남은 고추
비닐자루에 담긴 고추는
세상 속으로 달려가고 싶어
몸부림친다

고추는 주인 손에 의해 다듬어져
소풍가는 날 기다리며 애태운다

꽁꽁 묶여져 꼼짝할 수 없어도
달짝지근한 냄새로 세상 밖을 구경하고 싶어
아우성치는 고추

튼튼하게 잘생긴
고추

마음 따뜻한 분이 키워
방안 가득 향기 풍겨도
세월만 잡고 있는 고추

일도 많은데 봉지에 갇혀 있는 고추는
봄의 앞길 막고
동지의 문턱에서 님 찾아 서성인다

겨울 이슬방울

가슴 아픈 자식에 대한 부모의 무조건 사랑이
영혼마저 병들게 하는 건 아닌지
머리가 하얗게 새어버린 노인이 세상 걱정하고 있다

어느 날 이 세상 마감하고
꽃상여하고 천상으로 가는 날인지 가늠하진 못해도
매일매일 다가오는 세상살이
안타까운 근심 걱정 늘 겹쳐
가슴 아픈 날들은 아름다운 날 맞이하고픈
사람들에게 시험하듯 찾아온다

한겨울 하얀 눈이 내리고
모든 걸 얼음 동상으로 만들어 버릴 추위가
어디로 숨어버리면 따스한 봄날 같은 날
이슬비가 말없이 조용히 내리면
나뭇가지에 작은 물방울들이 매달려 운다

작은 구슬로 매달려
세상 걱정하는 셀 수 없는 꿈의 방울들
빗방울은 부모 마음처럼 반사시키며 사랑한다하네

아픈 가슴에도 맺히는 맑고 환한 물방울 사랑
서로서로에게 나누어주고픈
따뜻한 겨울 나뭇가지에 영롱한 물방울로 승화된
아름다운 어머니 사랑

기다림은 참는 것
인연이 되어 돌아올 때까지
시간을 내는 것이다